AF346452

VENTE PAR SUITE DE DÉCÈS *M. Constantini*

Les Vendredi 13 et Samedi 14 Août 1886

à 9 heures du matin
et à 1 heure 1/2 de relevée.

66, RUE DES MATHURINS, 66

OBJETS D'ART

ET D'AMEUBLEMENT

BRONZES D'ART & SCULPTURES

Des XVIIe et XVIIIe siècles

PORCELAINES ET FAIENCES ANCIENNES

ORFÈVRERIE ANCIENNE — OBJETS DE VITRINE

Tableaux — Dessins et Gravures

MEUBLES ANCIENS ET MODERNES

OBJETS DIVERS

Par le ministère de Me **TROUILLET**, Commissaire-priseur,
44, rue des Écoles, 44.

Assisté de **M. B. LASQUIN**, Expert,
12, rue Laffitte, 12.

CHEZ LESQUELS SE TROUVE LA PRÉSENTE NOTICE

EXEMPLAIRE

HOMO ADDITVS NATVRÆ
IMPRIMERIE DE L'ART

NOTICE

LES

OBJETS D'ART

ET D'AMEUBLEMENT

Bronzes d'art et Sculptures en marbre et en terre cuite
par Jean de Bologne, Pigalle, Clodion et Houdon, ayant figuré
à l'Exposition des Alsaciens-Lorrains en 1874
Pendule, Candélabres, Cassolettes, du temps de Louis XVI
Brûle-parfums en ancienne porcelaine de Chine
Plats en vieux Japon; Faïences anciennes; Orfèvrerie ancienne
Objets de vitrine; Tabatières; Étuis; Miniatures
Objets divers; Antiquités; Meubles Louis XVI
Environ 10 kilog. d'argenterie de table

TABLEAUX, DESSINS, GRAVURES

Portrait de Femme, par Nattier

Et autres Œuvres par Ph. Rousseau, A. de Dreux, Géricault
et des Écoles hollandaise et française

Meubles courants; Tapis; Literie; Ustensiles de ménage

DONT LA VENTE AURA LIEU PAR SUITE DE DÉCÈS

66, rue des Mathurins, 66

Les Vendredi 13 et Samedi 14 août 1886

A 9 heures précises du matin, et à 1 heure 1/2 de relevée

Par le Ministère de M᷍ **TROUILLET**, commissaire-priseur

44, rue des Écoles, 44

Assisté de **M. B. LASQUIN,** expert

12, rue Laffitte, 12

Chez lesquels se trouve la présente Notice

ORDRE DES VACATIONS

Le Vendredi 13 Août, à 9 h. du matin : Vaisselle, Verrerie, Meubles courants.
A 1 h. 1/2 : Les Gravures, Dessins, Tableaux et Objets de vitrine, Argenterie.

Le Samedi 14 Août, à 9 h. du matin : Continuation de la vente des objets
d'ameublement modernes.
A 1 h. 1/2 : Les Objets d'art, Bronzes, Sculptures et Meubles anciens.

CONDITIONS DE LA VENTE

Elle sera faite au comptant.

Les acquéreurs payeront en sus des enchères *cinq pour cent*, applicables aux frais.

Paris — Imprimerie de l'Art. E. Ménard et J. Augry. 41, rue de la Victoire, 41.

DÉSIGNATION SOMMAIRE

BRONZES D'ART ET D'AMEUBLEMENT

Deux belles statuettes en bronze à patine jaune de la fin du XVIᵉ siècle, et attribuées à JEAN DE BOLOGNE : Henri IV et Marie de Médicis représentés debout, sous les figures allégoriques de Jupiter et de Junon. (*Exposition des Alsaciens-Lorrains, 1874.*)

Buste de jeune fille portant la signature de PIGALLE ; bronze à patine brune. (*Exposition des Alsaciens-Lorrains, 1874.*)

Buste de jeune fille, la chevelure tressée en nattes ; bronze à patine brune du XVIIIᵉ siècle. portant la signature SALY. (*Exposition des Alsaciens-Lorrains, 1874.*)

Joli buste de la Frileuse de HOUDON ; bronze à patine verte portant la signature de THIERRET SICELEUR (sic . (*Exposition des Alsaciens-Lorrains, 1874.*)

Petit buste d'homme en bronze antique, sur socle en marbre jaune, portant l'inscription : *Trouvé à Velletri en 1687.*

Statuette de jeune femme drapée, debout près d'un vase et tenant une rose de la main droite ; bronze à patine jaune du XVIIIᵉ siècle.

Belle pendule du temps de Louis XVI, représentant une figure allégorique en bronze à patine brune, accoudée sur une sphère contenant un cadran tournant et reposant sur un fût carré en bronze doré ; sur le côté droit, un enfant génie tenant une faux.

Deux vases du temps de Louis XVI, en albâtre oriental, avec montures à bouquets de lis et anses têtes de boucs en bronze doré.

Cassolette Louis XVI, formée d'un vase en ancien céladon vert d'eau orné d'une monture à trépied et d'une gorge en bronze ciselé et doré.

Deux jolis flambeaux Louis XVI à feuillages et côtes en spirales, en bronze ciselé et doré.

Appliques et flambeaux Louis XVI en bronze doré.

Groupe du Milon de Crotone, d'après Puget ; bronze à patine brune.

Petit buste d'enfant en bronze.

Vase brûle-parfums de forme sphérique, en ancien céladon craquelé de Chine, avec monture à piédouche, ceinture et anses têtes de faunes, en bronze ciselé et doré du temps de Louis XVI.

Deux petits lions marchant, en bronze, sur socles en marbre blanc.

Deux sphinx ailés, en bronze, sur socles en marbre jaune.

Groupe en bronze italien du xvie siècle : Vénus et l'Amour sur des dauphins.

Deux presse-papiers formés de sphinx en bronze doré du temps de Louis XIV, sur socles en bois noir.

Statuette de baigneuse, joli bronze d'après Allegrain.

Buste de Mercure, bronze du temps de Louis XIV, sur socle en bois noir.

Statuette du Joueur de cimbales, bronze d'après l'antique.

Lustre Louis XIV en cuivre garni de cristaux.

SCULPTURES

850—

MARBRE BLANC. — Buste de Bacchus par CANOVA. (Exposition des Alsaciens-Lorrains, 1874.)

12,000—

TERRE CUITE. — Beau et important groupe en terre cuite de CLODION, signé et daté de 1799, représentant l'Amour et Psyché et trois Amours sur des nuages.

7,100—

MARBRE BLANC. — Deux jolies statuettes portant la signature de PIGALLE : l'Enfant au nid, l'Enfant à la colombe; socles en marbre griotte.

5000—

MARBRE BLANC. — Buste de jeune fille, la coiffure relevée et bouclée, ornée d'une bagnolette et d'un nœud de ruban. Sculpture attribuée à Houdon.

MARBRE BLANC. — Deux statuettes : Vénus au dauphin et Adonis.

MARBRE BLANC. — Deux sphinx égyptiens couchés : fin xviiie siècle.

MARBRE BLANC. — Deux bustes : Le Brun et le Poussin, sur socles en marbre blanc ornés de têtes de gorgones sculptées en relief.

1200—

MARBRE BLANC. — Statuette de Vénus accroupie, d'après l'antique.

TERRE CUITE. — Deux groupes de deux enfants chacun, représentant l'Automne et l'Hiver, xviiie siècle.

Coupe carrée en marbre jaune de Naples, sculptée d'après l'antique.

Fûts de colonnes en marbres divers et en granit.

MARBRE BLANC. — Statuette de faune d'après l'antique.

MARBRE BLANC. — Deux médaillons ovales du xviiᵉ siècle : bustes d'enfants.

TERRE CUITE. — Buste de jeune homme, terre cuite, attribué à Houdon.

BOIS. — Groupe de deux amours, l'un portant l'autre et soutenant une coquille. Travail attribué à Brustolon.

ORFÉVRERIE & OBJETS DE VITRINE

Écuelle Louis XIV et son plateau en argent ciselé.

Environ dix kilogrammes d'argenterie de table.

Joli vase Louis XVI, de forme ovoïde, en spath fluor, garni d'une monture à piédouche et à deux anses en bronze ciselé et doré.

Tabatières, bonbonnières et étuis des époques Louis XIV, Louis XV et Louis XVI, en or, en écaille, en émail de Saxe et en cristal de roche.

Gobelets, flacons, vases, sucriers, en argent et en vermeil.

Miniatures et fixés du xviiiᵉ siècle.

Figurines en pierre de lard.

Deux figures en biscuit de Sèvres.

Groupe important en ivoire.

Braseros et petits vases en ancien émail cloisonné du Japon.

Légumiers, aiguières, cafetières, théières en orfèvrerie ancienne.

PORCELAINES & FAIENCES ANCIENNES

Deux très beaux brûle-parfums de forme hexagonale, en ancienne porcelaine de Chine, à réserves ajourées sur fond de décor rose et vert d'eau alternées, ornés de riches montures Régence en bronze ciselé et doré.

Deux grands plats en ancienne porcelaine du Japon, à décor bleu, rouge et or.

Deux au.res plats en vieux Japon, à trois réserves et médaillon central.

Deux grands plats à décor bleu, en ancienne porcelaine du Japon.

Deux grands cornets en vieux Japon, à décor bleu, rouge et or.

Deux grosses potiches en vieux Chine, bleu de Perse à décor doré.

Assiettes et compotiers en vieux Japon.

Grand vase ovoïde à piédouche et anses serpents, en ancienne faïence d'Urbino, représentant le Jugement de Pâris et le Triomphe d'Amphitrite ; décor attribué à O. Fontana.

Quatre jolis plats en ancienne faïence de Rhodes, à décor de palmettes et de vases en couleurs.

Deux plats en ancienne faïence d'Urbino, à décor de grotesques avec médaillons de figures au centre.

Deux vases balustres en ancienne porcelaine de Chine bleu fouetté, à décor d'or, monture en bronze.

Vase-bouteille en vieux Chine gros bleu et or.

Deux vases en forme d'amphores à deux anses formées de sphinx, en porcelaine du temps de l'Empire, fond bleu mat et or.

OBJETS DIVERS

Grand vase étrusque en terre noire, décoré de deux sujets et de trois figures réservées en rouge.

Vases étrusques divers en terre noire, à figures et sujets en rouge.

Un brasero et deux cornets en émail de Chine en couleurs.

Gong chinois avec monture en bois de fer découpé à jour.

MEUBLES ANCIENS

Belle armoire du temps de Louis XVI, en acajou sculpté.

Miroir Louis XIII, orné de cuivres estampés.

Piédestaux et fûts de colonnes en acajou et en bois noir.

Vitrine Louis XIV, en bois satiné, garnie de bronze.

Deux torchères à figures d'enfants, en bois sculpté.

Cabinet portugais en bois de palissandre à moulures guillochées.

Deux consoles Louis XVI, en acajou, ornées de frises d'enroulements en bronze doré; dessus de marbre blanc.

Petit cabinet burgauté et une table-support en laque noire et or.

Bureau Louis XVI, à cylindre, en acajou à moulures de cuivre.

Glace à bordure Louis XVI, en bois sculpté et doré, surmontée d'un vase.

Cabinet italien du xvie siècle, en ébène et ivoire, gravé à arabesques.

Meubles divers, chiffonnier, vitrine, tables Louis XV et Louis XVI.

Meubles courants et ustensiles de ménage.

Tapis, rideaux, literie, etc.

TABLEAUX

NATTIER (J. M.). — Portrait de jeune femme, représentée de face, à mi-corps, en robe blanche, à demi recouverte d'une draperie bleue.

HOLBEIN (attribué à). — Portrait d'homme en buste, toque noire, manteau bordé de fourrures, les mains jointes.

ROUSSEAU (PH.). — Panier de pêches.

A. DE DREUX. — Cavalier turc sur un cheval blanc.

FLEURY (R.). — Moine arrêté par deux brigands.

ROBERT (H.). — Arche d'un pont à l'entrée d'une ville ; forme ronde.

FRAGONARD (attribué à). — L'Autel de l'amour. Deux esquisses.

MAAS (NICOLAS). — Portrait d'homme en buste, manteau rouge, et portrait de femme en corsage jaune.

ÉCOLE HOLLANDAISE. — Suzanne et les vieillards.

WOUWERMAN (attribué à P.). — Combat de cavaliers.

VAN LOO (CÉSAR). — Deux paysages avec ruines, animés de figures et de bestiaux.

600— GÉRICAULT. — Chèvre et deux chevreaux dans une étable.

MIGNON. — Fruits.

ÉCOLE FRANÇAISE. — Portrait de femme en buste.

Autres tableaux par PAPETY, CHARLET, FIEDLING, FLERS, CHALLE, VERBŒCKOVEN, HOGUET, PHILIPPOTEAU, LAJOUE, BOUTON, etc.

PILS. — Chasseurs à pied. Aquarelle.

Dessins anciens.

1350— NATTIER. — Les portraits de la famille de l'artiste. Dessin au crayon noir et à la sanguine.

Gravures d'après A. DURER, MANTEGNA, REMBRANDT, etc.

Gravures coloriées du XVIIIe siècle.

1200. — Pâturage par Verboeckhoven